# 天使にもらった
# 愛と夢

YUTAKAの天界からのメッセージ

三浦和子 メッセージ＋画

今日の話題社

Love & Dream
Granted By Angels

# プロローグ

天使ってなに？　幸せってなに？
翼ある天使は　宇宙の中を　自由に翼広げて飛んでいる
でも　本当は　幸せ求めるあなたに会いたくて
あなたを探して飛んでいるの
幸せなあなたがほほえむために
あなたが刻《とき》の中で　いつまでも輝くように
天使は　優しく美しい光を　捧げるの
幸せがあなたの心に　いっぱいになるように
翼ある天使は　あなたの心に　話しかけた
幸せですか？　もちろん幸せですよと　あなたは答えた
翼ある天使は　大空を舞う　幸せ捧げ
幸せのなかで　あなたがほほえむために

翼あるロックシンガーの天使からの贈り物
自由ってなに？
自分の存在は？
愛ってなに？
幸せってなに？
家族　友の輪　幸せな光　平和　幸せ
生あるすべてのものに　愛をそそぎ
生あるすべてのものの心に　愛が漲《みなぎ》るように
翼ある天使は話しかけ　ほほえみ　愛を捧げています
自分の心に　幸せいっぱい詰め込んで
心が幸せで　重たくなるほど　幸せになって
知り合う人たちと愛を分かち合うことへの答えを
絵とメッセージに託しました
ロックシンガーの天使は運ぶ　幸せを　あなたの許へ

# 天使にもらった愛と夢♪目次

プロローグ　3

# 天使の詩

生きることってなに　13
悲しみなんか存在しない　14
優しさってなにかな　15
白い鳥の一人旅　16
平和の鐘　21
平和の歌　23
イルカの天使が舞い降りた　25
レインボーイルカの天使　26
花の天使　33
夜空で語りかける星　35
優しい陽射し　37
愛と光　41
光の鍵　43
夢を見た　46
幸せへの伝達者　51
健全な心　55
刻の流れ　57
金色の小舟　61
少年の自分探しの旅　66

家族ってなに　74
幸せ育もう　75
あの時　81
バイクに乗る君　83
気づきの心　85
ほほえみ　87
ひとりぼっちではない君　91
元気でいられること　93
強い心　95
強靱な心　97
幸せはロックに乗って　101
兄弟の小鳥　102
自分の心を見つめよう　105
幸せな君　107
君の心は青の中　111
幸せへの招待状――光の汽車　116
幸せへの招待状――小川のせせらぎ　121
時という神　124
心の友・天使　125
強い心をつかんだ君　127
笑顔　131

幸せかい？　133
優しさってなに　135
信じること　137
幸せのプレゼント　138
幸せ運ぶ天使　141
君は幸せの笑顔　142
ファイト　144
幸せの雲　146
幸せいっぱい　151
幸せのこだま　152
幸せの存在　154
花の命のささやき　155
愛ってなに　157
幸せの自分の心を見つめよう　161
幸せは誰のもの　162
刻の贈り物　163
生きる意味　165
生きる意味の大切さ　167
天使のひとりごと　169
天使の乱舞　170
天使の鏡　172

善と悪　174
僕に任せて　176
庭に咲く小花からのメッセージ　179
大切な君へ　181

## 幸せへのメッセージ

マリー・アントワネットからの贈り物　185
椿姫　アルフォンジーヌ・プレシス　189
椿姫　マリー　191
重忠からの声　193
父からの笑顔　195
今を生きた　護良親王　196
鎌倉宮に誘われて　護良親王　199
私は生きた　重忠　200
今を生きた　秀盛　201
今を生きる　YUTAKA　203
幸せな私　ここに生きる　204
高尾　今生きる　209
今生きる　マリー　211
私は生きた　マリー・デュプレシス　213

エピローグ　215

# 天使の詩

# 生きることってなに

大切な時の流れの中で　定められている人生という汽車に乗り
人生というレールの上を　時に走り　時に下車しながら
山や谷を越え　時に　雨に　風に　嵐にも遭いながら走っていく
師に学び　友に会い　心の成長の中で歩んでいくのだ

輝いているよ　君の心　幸せだよって答えてくれた
僕も幸せだよと　答えるよ
今日も幸せ　明日も幸せ
幸せは永遠に　君の心の中に
ロックンロール！　ロックンロール
君の心は　幸せの中

# 悲しみなんか存在しない

今こうして絵の中の僕と　会っている君　なんだか悲しそうだね　辛そうだね
僕でよかったら　聞かせてくれないか　心と心で話し合えるから
なにもしゃべらなくてもいいよ
心で僕に話してごらん　きっと君の役にたつから
話を聞かせて　僕は君が大切だからね　僕に話してね

悲しみなんか　ぶっとばそー
辛いことなんか　もうないよ
君の心は　幸せいっぱいだよ
嫌なことは　ロック唄って　捨ててしまおう
ロック唄って　大きな声で

# 優しさってなにかな

優しい心に触れてみてはじめて　真の優しさの意味がわかるのさ
寂しかった時　君は優しい心で話しかけられたね
君の涙は　温かい優しさに触れて笑顔になった
君の心の中に　幸せという　笑顔がいっぱいになった
君の心の中は　いつも笑顔がいっぱいだ
幸せいっぱいだよー

幸せがいっぱい
笑顔でロック
ハートの中は笑顔がいっぱい

# 白い鳥の一人旅

青の中　白い鳥が飛んでいた
どこへ行くのか　夢描いて飛んでいた
翼広げて　羽ばたきながら
円を描いて　楽しそうに飛んでいた
どこへ行くのか
幸せ目指して　飛んでいくのか
それとも自分探しの　冒険の一人旅に行くのだろうか

白い鳥は　木陰で一休み
大きな樹の小枝に止まっていた
羽根をつぼめ　眼を細め　ひとときの憩いを楽しんでいた
そのとき　黒い雲が駆け足で通り過ぎた

激しい雨　強く　激しく
静寂の中を　荒れ狂った嵐のように通り過ぎる
白い鳥は　羽根の雫を落とすことさえ忘れていた
小枝にしがみつき　冷たさの中で　震えていた
白い小鳥は　気がついた
いつの間にか温かいぬくもりが　我が身を包んだ
大きな緑の葉は言った
「寒かったかい?　冷たかったかい?
ひとりで旅する君は頼もしい
ひとりでなんでもできると思っていたね
でもね　ひとりだけではできないこともあるのさ
冷たさで　君の足が枝から落ちてしまったら……
どうなってしまったかな?
だから僕たちみんなで君を護《まも》ったんだ
みんなの力を合わせて木の葉で部屋を作り
君を護ったんだよ　もう大丈夫　よかったね」

白い鳥は　協力という温かさを知った
白い鳥は　傲慢という自分の心を反省した
激しい雨は　どこかへと旅立った
僕も行こう　幸せの国目指して　光を求めて

青の中　白い鳥は飛んでいく
白い鳥からは　眩《まばゆ》い光が輝いた
虹色に　美しく輝いていた

LOVE & DREAM
HAPPINESS
HEAVEN
CUTE
ANGEL
SHINE
STAR
PALADAISE
LOVE
FANTASY
DREAM
ROCK
SMILE
HOPE
RAINBOW
HAPPINESS
HAPPY
SMILE
PEACE
DREAM
LOVE
ANGEL
HAPPY
HAPPINESS
PEACE
FANTASY
ROCK
ROCK
KM

白い鳥と天使たち

幸せは永遠に

# 平和の鐘

僕は平和を願い
幸せのメッセンジャーになったんだ
君たちに会いにきた
ひとりでも　本当の幸せを知ることができるように
本当の幸せとは
僕はいつも言っているけれど
自分の心次第なのさ
幸せと思えば　幸せ
不幸だと思えば　不幸せなのだ
心を前向きに
美しいものを見ることを心がければ
不幸せと思う心は　ＮＯと言い

どこかへと消え去ってしまう
本当の幸せだけが　心の中で開花し　大輪となるんだ
世界中のひとりひとりが　幸せを抱けば
信じる心　想いやりの心が　幸せの輪となり
平和の中で　笑顔がいっぱいになるのだと思っている
世界中に　幸せの鐘を鳴らしたい

ロックで幸せ
唄って　唄って　幸せの歌を

# 平和の歌

今日は終わった　今日一日何をしたのかな
自分勝手にひとりで好き勝手にしていたのかな
想いやり　僕は想いやりの言葉が大好きだ
相手の心を想いやる
自分の心でできる精一杯の優しさと　温かさを
相手に伝える
伝えてほしい
伝わったかな
伝わったことでふたりの心は羽ばたくのだ
そして二人　三人　四人と増え続けて
世界中の人々の心が
優しさと　温かさで満ちるように

どんなにか平和な世界が創り上げられることか
平和を願い　僕は唄う
この小さな絵の中で　真実の中で
天使は唄う　平和の歌を

平和願って　ロックンロール
幸せ願って　ロックンロール
明日のために　ロックンロール

# イルカの天使が舞い降りた

青い空　青い海
美しい青の世界に　光の天使が舞い降りた
少年の夢を　叶えるために
愛と夢と希望の伝達のために
光の姿のイルカの天使が　舞い降りた
レインボーに輝く姿は　美しく
光の天使だった
少年は眼を輝かせ
イルカの背に乗りたいと思う夢は　実現した
イルカの背に乗る少年は　青の中で夢を描き
希望の中で　愛と夢と幸せを受け止めた

# レインボーイルカの天使

――少年がひとり海辺にたたずみ、青い海を眺めていた――

僕は　青い海の　マリンブルーの色が　大好きだった
透き通るように美しく　吸い込まれそうに輝く色が
僕の心を虜《とりこ》にした
波ひとつない穏やかな海
このように美しい海に住む魚たちは　幸せだろうな
幸せを運ぶというイルカに会えたら
どんなに幸せだろうと　僕は思った

青い空　青い海　青の中で
僕の心の中に　幸せなハーモニーが聞こえてきた
カヌーに乗ったら

いいや　イルカの背中に乗せてもらえたら
どんなに楽しいだろう
オトギの国の絵本の中にいるように　僕の心は踊っていた
心を無にして　描く夢は幸せだった

透明なブルーは　何を考えているのだろうか?
透明なブルーに包み込まれている魚たちは
何を考えているのだろうか?

僕は　この透明な青の中で
魚たちが　笑顔で遊泳しているように感じた
水平線のむこうに　虹色の光が輝いた
ピカ!　ピカ!
輝いている
あの美しい光は何を意味するのか
僕の心に　何かを伝えようとしているようだった
静かな青の中から　動きを見せたような気がした

動いている！
何かが動いていた
じーっと眼をこらす
動きの主は誰なのか？
暫しのときは　僕に期待と希望を与えていた

青の中から顔を出した　動きの主は
僕が会いたかったイルカだった
イルカの姿は　夢か幻か
まるで虹色で作られた光のイルカのようだった

「さあ　僕の背中に乗って
僕に会いたかったのでしょう
会いたいと思う君の心の波動が　僕を呼んだんだ
だから　遠い　高いところから　君に会いにきたんだ
さあ　僕の背中に乗って
君の好きな　マリンブルーの青の中を　泳ごうよ」

海の精霊とほほえんで

レインボーイルカの天使

レインボーイルカは僕を誘った
光のようなイルカに乗れるかな？
背中に乗ったら
形のない光となって消えてしまうのではないかと思ってしまった
「早く乗って！　カモン！」
レインボーイルカは　頭を振りながら　つぶらな瞳で話しかけた
僕は海の中に足を入れ　丸い背中に　そーっと乗ってみた
乗ったと同時に泳ぎ出した

早い！　早い！
まるで飛行船が　海の中を飛んでいるようだ
虹色の光は僕の心を取り囲み
光と空と海が　一体となって
イルカの背で　魚のように　楽しんだ

広い海

どこまで行っても　青の中
なにもいない青の中
海の中を潜り　飛び
僕は童話の中の主人公になれたように楽しんだ

「想いは叶うんだよ
夢と希望
いつも夢を持って希望の中にいれば　願いは叶うんだ
素直な心で夢を描き
夢にむかって飛び込めば　なんでもでき　叶うんだよ
そしてなんでもできる力が湧いてくるんだ」

夢のようなひとときが　僕に幸せを運んでくれた
レインボーイルカの天使が　愛と希望を与えてくれた
何があっても　くじけない強い心で
夢を持って生きていくことを　教えられた
未来に　夢と希望の中で　レーッツゴー

# 花の天使

四季の花
四季おりおりに咲く　色とりどりの美しい花

春風に乗って　桜の花びら　ひらひらと舞う
薄紅色に　八重咲き桜の濃い花の色
春の中を　花を咲かせ　葉の緑美しく
通る人々の眼を楽しします

夏の花　暑く照り来る日の中で　暑さに負けず
白く　紅く
暑さをはねのけ　美しく　咲く花たち

秋日和　彼岸の花
少し寂しく　まんじゅしゃげ
真っ赤に　庭の片隅にひっそり咲く

雪の中　寒さに負けず
冷たい雨　風にも負けず
可憐な花つける　福寿草

花の命　それぞれに
四季の花の命を咲き誇る
生きること　花の命の限り
自分のため　人々のために
少しの刻《とき》をと　ひとときの命舞う

# 夜空で語りかける星

夜空に星が輝いていた
暗い宇宙の広き中に光る美しい光
一つ　二つ　形を成し
星から　☆形で語りかけてきたように見えた
心の中に優しく
「こんばんわ　今日一日無事に終わりましたね　ご苦労様」

隣の星も話しかけた
「明日はどんな楽しいことが待っているのかな
君ひとりだけでなく
大勢の友達の輪のリーダーになって働くのだよ
責任ある仕事を与えられる君は　すばらしいね」

「君が物事を真っすぐ見つめ　信じる心を持っているから
君の強い確かな心と　共鳴したくてみな君についてくる
強い心　信じ合う優しさと　温かさを身につけた君に
ひとこと　ワンダフル」
夜空の星は　信じ合える幸せのつながりを成しているのだから
高き空から語りかけられた
すばらしい君に
僕からも拍手を送らせて頂く

# 優しい陽射し

窓辺に飾られし　二つの花の鉢が笑顔を見せていた
赤い花びら　白い花びらが踊っていた
白いレースのカーテン越しに
冬の陽射しが　優しく温かく　二つの花にささやいた
外は寒いかも知れないが
君たちのいる家の中は　温かくて　気持ちよくて
踊りたくなってしまうよね
幸せそうだね
でも　たまには温もりの中から　外に出て
冷たい外気に触れようね
たくましく　強く　生きようね

ロック唄って強い心を持とう
ロック唄ってたくましく
元気に！　元気に
幸せに

LOVE & DREAM
FOREVER
PEACE
HAPPINESS
LOVE
ROCK
HAPPY
LOVE
HEAVEN
KM

フォーエバーダンス

光に包まれて遊ぶ天使たち

# 愛と光

愛という言葉からはじまって
人を愛し　すべてのものを愛する
愛　愛
天使が　好きな言葉
言葉として　文字として　表す美しい言葉
愛は　光と同調して
はじめて　大きな輝きを見せるのだと思う
幸せになるということは　心が輝くこと
光を取り入れて　真の愛の姿が得られるのだと思う
自分の心が　幸せになれたことで
多くの方々に　自分の幸せな心を差し上げ
相手の方を幸せにできる

# 無限大の　愛の光

己を愛し　相手を愛す
生あるすべてのものに　愛の輝きを見せ
宇宙の中の　無限の光と同調し
光と心を　ひとつにすることができる
愛あれば　何も恐れることなく
愛あれば　人々の心の中に　光が満ちあふれる

世界中が　輝くことを願い
愛があふれることを　天使は願う

# 光の鍵

光の鍵ってなにかな?
触れれば壊れてしまいそうな　光の鍵なんだ
この美しい鍵は　心の鍵なのさ
「心に鍵なんて必要ないよね」と君は言う
でもね　必要なときもあるのさ
自分の心の　たくさんの夢を　宝石箱に入れて
こぼしてしまわないように　光の鍵をかけるのさ

光の鍵は自分の心で作った鍵だから　自分だけのものさ
誰が開けるのでなく　自分だけが開けるのさ
好きなときに　鍵を開けて
思いっきり　宝石箱から出した自分の夢と想い出と対面し

美しい夢と　会うんだよ
あのときのすばらしかったこと
ちょぴり悲しく　辛かったこと

想い出作りが　未来の自分に必要なのさ
どんなことに出会っても
永い人生の中で　すべての出会いが
今日の自分を作り出すのだから

すばらしかった　よかった　想い出は
もっと大きな夢にむかうために　努力するのさ
嫌な想い出は
鍵を閉めて　時々開けて
二度と嫌なことに会わないように
自分を見つめるのさ

「幸せの宝石箱を　君に進呈するよ

輝く鍵と一緒にね
夢を心に描いて　素敵な大人になろうね」

光の天使より

# 夢を見た

窓辺から差し込む優しい光に誘われて
いつしか僕は夢の中

演劇スクールの教室に僕はいた
張り出された公演の主人公は僕だった
どうして僕が主人公？　嫌だ
そんな　僕にはできない
抜擢されても　長いセリフは覚えきれない
逃げよう　恥ずかしいから

僕はひとり　ノオー　ノオーという心をもてあまし
スクールの小部屋で膝を抱えてうずくまる

どこから僕の心に聞こえてきた声？
「与えられたチャンスは　逃してはいけないよ」
我に返り　慌てて　教室に戻ったが　僕の居場所はなく
僕の存在は　いつしか消え去っていた

荷物まとめて　ひとり寂しく校門を出た
僕のそばに　大きな大きな　見上げるくらいの天使がいて
僕に話しかけてきた

「僕の手につかまってごらん」
僕は天使の手に思わずつかまっていた
温かかった
僕の冷え切った心に　温かいぬくもりが広がった
広い路を過ぎたとき　大きな樹が現れた
大きな樹には　美しい白い花が咲いていた
見上げると　白い花と思っていたら
白い鳩たちが　両羽根を広げ

ときに羽ばたき　僕に話しかけていた
大きな樹に　イルミネーションのように鳩たちが輝いていた
そのとき　どこからともなく　ささやく声が聞こえてきた
「逃げては駄目だよ
自分が選んだ道ではないか
与えられたチャンスを自分で捨てるのは　敗北者だよ
いいかい　君には大きな力があるんだよ
その力を認められたからこそ　選ばれたんだ
やればできる
君にはその力があるんだから
自分を大切に　レーッツゴー」

白い鳩の天使から　僕へのメッセージだった
そうか　僕は認められていたのに　力を持っていたのに
発揮することを忘れていた
なんでもできる　なんでもできる力を持っていたんだ
ありがとう　幸せさん

光を浴びて

朱い鳥

# 幸せへの伝達者

僕は自分の心の中で
神とは　天使とは？　と思いながら
神宮に詣でるために　参門にむかった
神宮と道を交える橋は
まるで　いまの自分が知りたいと思うむこう側とをつなぐ掛け橋だった
橋の左右を流れる川には、　鯉が泳いでいた
金色の光る鯉　緋色《ひいろ》に輝く鯉が　美しい川面に愛らしい頭を出し
潜りながら　たくさんの鯉が舞うように泳ぎ
橋を渡る人々の心を和ましていた

参道を渡り　神宮に手を合わす
どこからか聞こえてきた声は　あらたかに僕の心に伝わった

参道の小道を歩く
小道の両側につながる緑の大きな樹が　美しかった
美しい緑の樹の上には
純白の鳩が鈴なりに　花が咲いているようだった
白い鳩は　枝から枝へと飛び交い
どこからか現れる白い鳩は　神々しかった
まるで　神々の遣いのような鳩が
僕に話しかけてきたようだった

「ご機嫌いかが?
私たちは神の遣いです
生きるすべての鳥たちも
生あるすべてのものたちに
幸せ運ぶ使者なのです
幸せは　あなたの心に宿るもの
幸せとは自分の心で受け止めるもの
幸せは　あなたの周りから

受け止めてほしいと　話しかけているんです
心の中にはちきれるくらい　いっぱいにして下さい
あなたの心にプレゼントです
あなたが幸せいっぱいになったら
幸せを必要とする方々に分けてあげて下さい
生あるすべてのものに　幸せが行き渡るように
平和を願う者として
核になる人を選び　平和への使者になって頂きます
あなたも　そのひとりです
さあ　受け止めて下さい」
白い鳩からの平和への幸せのメッセージが
僕の心に伝達された

僕の心の中は　幸せがいっぱいだ
いつでも心のドアーを開いて
平和のために　役立とう
平和を愛する　ひとりとして

白い鳩は　神々のお告げの使者だった
幸せの伝達者だった
鳩たちの美しい羽音は　神々の奏でる曲だった
ルビーのように輝く瞳は
炎《も》ゆる想いで　メッセージを贈っていたのだとわかった

神を信じ　天使を信じよう
困ったときの神頼みなどではなく
いつの日も　信じ合える中で　幸せの伝達者になろう
平和の鳥からの　幸せへの伝達者として　僕は生きよう

# 健全な心

元気ですか?　楽しんでいますか?
元気ですよ　楽しんでいますよ
君からの答えが返ってきた
よかったね　元気でいられる君　楽しんでいる君
元気でいられることに　感謝しなくてはいけないと思うんだ
だって　幸せって　自分で作るものだから
幸せと思えば幸せ　不幸せだと思えば不幸せなのさ
君は　自分の心の健康を　考えて過ごしているよね
大切に　大切に　心の入れものをいたわってあげているね
ありがとう
天使の僕は　ありがとうとお礼を言うよ
世界中のみんなが　同じ気持ちで暮らしたら

不幸なんて　山のむこうに消えてしまって
幸せだけが残るんだ
心の幸せすべてが　幸せにつながるんだから

健全な心の人々が手をつなごう　平和のために

# 刻の流れ

刻《とき》はどうして流れるのかな
刻は君たちにほほえんでいるよ
生きる証を作り出してくれる刻という贈り物
刻は人生の中で　笑い　怒り　ほほえみながら
人生の歴史を作り出してくれるもの

誕生して　産声をあげ　歩き出す
世間の目に晒《さら》され　自分という宝物を作り出す
その宝が大きく実るように
その宝が美しく成長するように
天使たちは見守っているよ
素直で正直な心

天使に見守られていることを　教えられて

幸せかい？
ひとりではないよ

大勢の輪の中で
手をつなげるように生きていこうね
幸せは誰のもの
幸せはみんなのもの
幸せは　自分の心の中で育っているよ

PEACE
LOVE
LOVE
DREAM
SMILE
LOVE & DREAM
HAPPINESS
PROMISE
CUTE
ROCK
ROCK
HEAVEN
FOREVER
KM

護られて

龍神と天使

# 金色の小舟

君はひとりで何を考えているのかな
少し寂しそうだね
天使の僕が　君に幸せな夢を見せてあげよう
山のむこうの彼方かな？
それとも空の中かな？
今日は　光が満ちあふれて
波の間に間に浮かぶ　光の船に乗せてあげよう
さあ　眼をつぶってごらん

広がる　広い海　美しい青の世界を
僕の心の視野に映し出す
真っ青な　透き通るような　青の世界の中に僕はいた

波が小さく　大きく　波しぶきをあげて
僕めがけて押し寄せてきた
波の間に間に　キラメク光は
青の世界の中で　空にむかって　キラリと光る
強い光は　虹色に　閃光を見せていた
鋭い閃光と光が　手をつないだように　美しかった
小さい波　大きい波の間に間に　見え隠れしながら
美しい一艘の小船が　光とともに浮かぶように姿を見せた
まるで金色の小舟のようだ
金色の光がキラメいている
波に見え隠れしながら　少しずつ僕目指して
音もなく静かに　光輝く波の上を　飛ぶように
美しい舟の姿を見せた
僕はこの舟に乗れるのかな
迎えの舟なのか
みごとに輝く金色の舟に魅せられ
僕の心は　夢の中で小舟のように　漂っていた

この美しい舟は　夢か　幻か
あまりの美しさに　束の間の幻想の中に僕はいた
「さあ　この舟に乗って　美しい波の上で楽しもう
今日は夢の中で　君の笑顔が見たい」
天使は言った

僕は　この舟に誘われるように　小舟に乗る
少しの揺れも感じない　まるで海の上ではないようだ
小舟には　ボートのように　二本の金色のオールがついていた

天使は言った
「この舟は　漕いても漕がなくても　進むのさ
君の心のままに　誘導できるのさ
むこう岸まで　行ってみよう」

小さい小舟なのに　大きな波の上も　まるで飛ぶように走っていた

揺れることもなく　荒い波とは対象的に
すべるように早く　静かに走っていた
荒い波の中でも　僕を乗せた小舟の周囲は　少しの波も立てず静寂だ
少し離れた波は　大きく　小さく　光を伴って流れを見せていた
僕を乗せた小舟は　暫しの憩いの中に入ったようだった

前方より　一羽の鷺が羽根を広げ飛んできた
小舟の縁に一本の足を乗せ　片方の足を少し丸めて上げ
両羽根をつぼめて　まるで僕に挨拶をしているようだった

つぶらな瞳で
「ようこそ光の国へ　楽しんで下さい
私たちは幸せのためにみんなで協力しながら
仲よく平和のために働いています」
と話しかけ　少しの刻《とき》を僕に与え
鷺は羽根を羽ばたかせながら
美しい青の中の　光の海の彼方へ　飛び去っていった

いま出会った美しい鷺のつぶらな瞳が　僕の心に焼きついた
鳥たちも　すべての生きるものたちが　一生懸命に生きている
それぞれ責任という中で
幸せを護《まも》るために　手をつないでいることを知った
人間である僕も　鳥である鳥たちも
考えることすべてが同じ歩調で歩き
同じようにそれぞれの目的を持って
強く生きているのだと痛感した
いま魅せられた　大きな波　小さな波
大きな波は大きく揺れ動き
小さな波を飲み込んでしまいそうなのに
小さな波は小さいまま揺れながら　流れを見せていた
すべての生あるものは形の大小にかかわらず
みな平等であることを確信できた

僕も強くなれた　寂しさなんて　気の持ちようさ　ファイト　ファイト

# 少年の自分探しの旅

ひとりの少年が自分探しの旅に出た
十三才の少年にはわからないことばかりだった
人はなぜ生まれ　なぜ生きるのか
いまの彼は知りたいという心が頭をもたげ
生きることへの答えが欲しかった
リュックに当座の身の回りの品を詰め
彼は自転車に乗り旅に出た

行けるところまで行ってみよう
いまはちょうど夏休みだから　親たちには内緒にしよう
話してもわかってもらえないから
「自分探しの旅に行ってきます　心配しないで下さい」

テーブルの上に置手紙を残した
生まれてはじめての旅
どこまで行けるのかわからないけれど
わからない中で何かを知り
きっと　心の中のもやもやが晴れるだろう

県道を走る
広い道路は車の列が続いていた
その間をぬって僕は走った
リンリンと鳴る自転車のベルの音もかき消され
自分の存在感を　広い道路の混雑の中で　自分で受け止めた
この道はどこまで続くのか
遠くに見える山々
夕暮れ時は？　なんとかなるさ
心でつぶやき口笛を吹いた
風が僕の髪をなびかせ　頬をなぜた
気持ちよかった

無心の心で求めるのはなに?
自分探しの旅なのに
静かな中で自分を見つめたかった
都会にはない　田舎の夕ぐれ刻《どき》
ためらわずに自転車をこぎ　山道に入った
あそこに見える小屋に泊めてもらおう
僕はひとり　うなずいた
小屋の扉に鍵はなく　まるで客を待つような山の中の小屋だった
僕を待っていてくれたのかな?
なんて自負してしまった
用意してきた食事をリュックから出し
誰にも気兼ねすることもなく　勝手に食べた食事は美味しかった
ラジカセから流れるロックの曲に乗り
いつしか身体を揺らしていた
楽しい
お腹がいっぱいだ
眠くなってしまった

森で遊ぶ天使たち

ROCKBAND FANTASY
LOVE & DREAM
Y.T.K.
LOVE
RAINBOW
MUSIK
LIKE
SMILE
ROCK
ROCK'N'
ROLL

森の中のコンサート

今日は何も考えないで眠ろう
寝袋に身体を包み　静寂の中で身を横たえた
少し寒い　冷たい
寒さで眼が覚めた
山の麓なのに　こんなに冷え切ってきたのか
寒い
身体を温める枝木もない
どうしよう
このままじっとして眠ろう
すぐ夜が明け　明日が来るのだから
少年は口笛を吹いて　寒さから気を紛らした
そのとき　扉から　トントンと音がした
トントン？
僕はそーっと扉を開けた
小さな五匹のリスが口に枝をくわえて立っていた

「どうぞ　温めてください

僕たちが山から取って来たんだから　受け取って下さい
山は寒いから　温めて」

小さなリスが次から次へと枝を運んできた
「ありがとう　リスさん」
僕はお礼を言った
リスの贈り物の不思議さえ考えずに　冷たい身体を温めていた
リスからの贈り物で僕は眠った

眼が覚めたとき
あれー？　リスが枝を？　僕に？
あのときは夢中だったけれど　こんなことあるのかな？
でも助けてもらってよかった
山の寒さの中で眠っていたら　僕はどうなっていたかなあ
自分探しの旅をする僕のために　リスが助けてくれた
リスさんたちが協力して
たくさんの枝を集めてくれたから　僕に気づいてくれたから

今こうして僕は生きていた
あれはきっとリスの天使だったんだ
「ありがとう　リスさん！」
見つかったよ！　探していたものが
生きる意味が
みんな心をひとつにして　協力すること
自分のことだけ考えずに
ともに生きるものたちが　愛し合って生きているんだ
自分ひとりではない　みんな共同体なんだ
幸せはひとりだけのものではなく　分かち合い　幸せの輪を作るんだね
わかった！
早く帰ろう　きっと家族が心配しているから　「ごめんなさい」

少年はさわやかな心で自分を見つめ
旅に出たことの意味を　リスの天使から教えられた
自分探しの旅は　リスの天使からの贈り物だった

# 家族ってなに

ひとりひとりが　絆の輪の中で　時をきざむことさ
　　　　　　　　　　　　　　　　愛
どんなに遠くにいても　近くにいても
　　　　　　　　　　　　　　　　　　　　　愛
家族の輪は　温かく　優しく　君とともに存在するのだ

　　　　愛は君とともに
　　　　　愛はロックに乗って
　　　　　　ロックは愛
　　　　　　　愛はロック

# 幸せ育もう

「天使はどこにいるの？」
少年は　空を見上げてつぶやいた
空を見上げる少年の心には　幸せの天使の姿は映らなかった
幸せの天使は　空高く青の中を飛んでいた
翼広げて　高く低く旋回しながら飛んでいた
何を求めているのか
野を越え　山を越え　宇宙の中を飛んでいた
幸せの天使は　何を求めているのか？　何を探しているのか？
ひとりの幸せの天使が　高い空から　少年の頭上から舞い降りた
天使は少年の心に　話しかけた

「僕は幸せの天使です

僕を必要とする　生あるすべてのものたちに
生きる喜びの幸せを捧げるために
そして　僕たちを必要としている人々や
生あるすべてのものたちの許に　舞い降りるんだよ
それは君かな？
それとも　ひっそり咲く花たちかな？
それとも　山や樹の上の鳥たちかな？
水の中の魚たちかな？
僕を求める　すべてのもののために
心が幸せを受け止めてくれることを
お話するために飛んでいるんだ」

少年は聞こえてきた声に　耳を傾けた
「幸せって　何ですか？」

少年の声に天使は答えた
「幸せってどこにいるのか知っているかい

自分の心の中に住んでいるんだよ
自分が幸せだと思えば
幸せは自分の心の中で　大きく　大きく育って　増えていくのさ
幸せじゃないと思ったら
心の中の　幸せが小さくなってしまうんだ
だからいつも幸せを心の中で育てて
知り合う人と分かち合ってほしいと思っている
幸せは自分の心の中にいることを　忘れないでね」

少年は言った
「そんなこと　知っていたさ
教えてもらわなくたって　知っていたさ
天使のくせにそんな簡単なことしか教えてくれないの」

「そうだよ　君が言うとおり　誰もが知っていることさ
知っていると思っているだけさ
時々忘れてしまっていないかい

幸せの天使はどこにいるのかなって　君は言っていたよね
君が幸せだったら　僕が見えないわけがないだろう？
僕の声が聞こえるはずでしょう
幸せの天使が　君のそばにいるんだから
ちがうかい？
誰でも知っていることだからこそ
時々自分の心を覗いて確認してごらん
僕は幸せなんだって
いつでも幸せを心の中に　いっぱいにしていてね」

少年は　誰もが知っている簡単なことを　思い出すことを忘れていた
苦しいことや悲しいことがあったときは　心の中が幸せなんだと思う
幸せの大きさを教えてくれたんだ
心の中で幸せを大きく育てよう
幸せは自分の心の中に住んでいるんだから　大切にしよう

少年の心は幸せがいっぱい

天使たちは雲の中へ

動より静の中へ

# あの時

愛しているかい？
愛しているよ～
君たちへの叫びは　こだまして
遠い山のむこうから聞こえてきたと思っていた
でも本当は高い遠いところにいた僕は
君たちのいる場所から聞こえてきたことに気づいたんだ
嬉しかった　僕は忘れられていない
僕は君たちの心の中に生きていた
天使の僕は　生き続けていたんだ
早く君たちに　会いにいかなくては
早く幸せへのメッセージを　届けにいかなくては
見えない僕を　見える僕に変えたのさ

絵の中から　君たちに話ができることに気づいた
僕が真実の中で話しているのだから
聞こえるよね　わかるよね
幸せの中にいてほしいと
僕は幸せからの使命の使者となり
メッセージを持って　君たちに会いにきた
真実の中で生きること
自分の存在が　必要とされていたことへの
誇りを持ち続けて生きてくれ
君は素敵だよ
僕の願いを聞き入れてくれたもの
頑張らなくてもいいよ
自分ができる範囲の中で歩んでいってくれ
笑顔だよ
心の中に　幸せの光が漲《みなぎ》っているよ

# バイクに乗る君

思いきりバイクで　飛ばしたい　走りたい　と思っている君へ
君はいつもバイクで走っているね
とても格好いいよ　きまっているよ
バイクで夜の町を走り抜けるとき
山道をクロスカントリーのように走るとき
ヘルメットの中の君の心は　何を考えているのかな
何も考えないで　ぶっ飛ばしているよね
考えるゆとりなんてないものね
ただただ　夢中で走っているんだもの
気持ちよかったかい　少し怖かったかい
身体が宙を飛び　大きなバイクに心を預け　走り続けた君
楽しくて　幸せだと思っているときはいいけれど

もし何かあったら
君の身体が何かに突き当たり
衝撃で家族や友にサヨウナラをしてしまったら
君は自分勝手な心で　飛んでいたのだから　悔いはないと思うが
両親はもちろんだが　年老いたおばあさんやおじいさんは
どんなに悲しむだろう
残りの人生の楽しみを奪われ
生きる目的が無になってしまうかも知れない
悲しませてはいけない
けっして自分勝手な行動は駄目だよ
想いやりの心で　バイクに乗ってほしい
愛される家族や　友の輪の中にいることを
けっして忘れないでほしい

# 気づきの心

幸せかい　幸せだよね
輝いているかい　君の瞳が輝いているよ
美しいよ　素敵だ
君の心が美しいから輝いているのさ
美しい心が瞳に映るのさ
キラキラ輝くのさ
瞳をみればその人の心が見通せるよ
邪念がなくて無邪気を愛する心は　童心のようだね
ベビーは汚れを知らぬ未知の中で　ほほえんでいるね
いつまでも　汚れなき　清らかな
愛の中にいなくてはいけないんだ
美しい湖に住む魚は

いつまでも元気で　仲間が増えるよね
汚れた湖に住む魚は　いつの間にか消え去ってしまう
汚れの中で　自分の心も見失ってしまったからなのか
だから君たちは
いつまでも　いつまでも
汚れなき心を持ち続けてほしい
果てしない宇宙の中で　澄んだ瞳で語り合ってほしい
どうしても汚れてしまったそのときは
早く　早く　一刻も早く
気づきの中で　自分の心を取り戻してほしい
そして清らかな心で　幸せの中にいてほしい
君たちを　心より愛している

# ほほえみ

ほほえみは　だれのもの
生あるすべてのもののためにある
笑顔とは　自分の心に　幸せがもたらされること
心が　笑顔の中で出会う人との語らいのため
ほほえみ交わす
生あるすべてのものよ
いつの日までも　幸せの中で夢を見て
いつの日までも　心の中で　より大きな幸せを得て
ほほえみすべてが　平和への呼びかけだから

平和願って　ロック唄って

幸せのために　ロック
夢のために　ロック
笑顔のために　ロックンロール

虹の中

LOVE
DREAM
PEACE
SHINE
FANTASY
ANGEL
LUCKY
LOVE
LIKE
HAPPY
DREAM
HOPE
HAPPY
SMILE
RAINBOW
PEACE
CUTE
ROCK
CUTE
ROCK
ROCK-N-ROLL

回転木馬の天使

# ひとりぼっちではない君

いまの君は　ちょっぴり寂しそうだね
ひちりぼっちだって？
友達がいないって？
どうしたらいいかって　僕に聞くのだね
いいかい　君はひとりぼっちではないよ
ひとりぼっちだと思っているだけさ
君より強そうな友がいたら　弱い心でいたら駄目だよ
君も本当は同じ強い心を持っているのだから
心の奥から　強い心を引き出してごらん
そして堂々として　相手の瞳をしっかり見て話すんだ
そして自分より弱い心の友に出会ったら
優しく温かく話してあげるんだ

「人はすべて　共通の心を持っているのだからね
同じ力で話し合えば
互いの認め合う心がまじわり
幸せの友の輪に入れるのだよ」ってね
ひとりぼっちではない
君は大勢の友達の中のひとりだ

僕は強い
僕は幸せ　心のドアー開いて　強さ受け止めた
何があっても怖くない
幸せ～

# 元気でいられること

君はとても元気だね
元気でいることがあたり前だと思っているね
でも　ちがうんだ
元気でいられること
君の肉体が健康で　こうして生きていられること
すべてがとっても幸せなことだと思わないかい
君の両親が君を生み　愛を注ぎ　育ててくれたおかげなんだよ
いいね　けっしてその身体を粗末にしてはいけないよ
君の身体は　君の身体であっても　君ひとりの身体ではない
君の家族の輪の中で
大切に　幸せに　過ごさなくてはいけない義務があるんだ
だから　けっして心の赴くままに　行動してはいけない

必ず自分の心と対話し
納得した上で　物事すべてにむかうことを約束してほしい
ひとりひとりが　責任ある行動をとることが
世の中を平和にするのだから

# 強い心

元気かい
元気じゃないって！
君はひとりで元気がないと思っているだけだよ
くよくよしているから
元気がなくなったと思ってしまうんだ
いいかい　君は元気なんだよ
君の心の中で
元気という健全な心が　羽ばたきたいと言っているよ
自分の心を見つめてごらん
優しく見守ってごらん
君は弱虫じゃあない　強い心の持ち主なんだ
何事にも　強く答えが出せる力があるんだよ

わかったかい
強い心の君は　弱虫の人に
君の感じたことを教えてごらん
きっと喜ぶから
人はすべて平等さ
同じ心を持っているのさ
それを感じ取って
知ることで幸せに強くなるのさ
いまの君は強くて幸せな君さ
幸せの中で輝いている君は　幸せだ

君は輝いているよ　幸せの中で輝いているよ
夢持っているかい　羽ばたこう一緒に
みんな一緒だよ

# 強靭な心

今日も君と話したい
元気そうだね　瞳が輝いているよ
そんな君を見ていると　僕の心も笑顔になってしまう
今日は何をするのかな
何も考えていない？
いいのさ
何も考えずに　自分のしたいように過ごすときも必要さ
だって　自分自身のことを大切にしなくちゃあいけないんだ
自分の心は本当は一番自分が知っているのさ
誰に何を言われずとも　すべて承知なのさ
でもね　自分を大切にするって　一番大切なことなのだよ
自分の心を愛して　愛して　かわいがってあげる

笑顔で　優しさで　すべてのものを愛するのさ
大切に　真っ白い雲のように　そして真綿のような心
いまにも壊れそうでいても
強風も　荒波も乗り越えることのできる　強靭な心になるのさ
そして自分の心が強くなって
優しさも　温かさも
分かち合うことができるようになるんだ
そうなったらもう大丈夫
何があったって怖くない　怖いものはないのさ
広い世間の中に
ひとりで乗り込んでいける　強い力ができたのだから
よかったね　君の心は世界一美しく　強いのだよ

君の心に乾杯
ロックで乾杯
ロックで幸せにね

ロック唄って

ROCK'N'ROLL
HAPPINESS
PROMISE
LOVE
HEY
LOVE & DREAM
LOVE
ROCK
HOPE
THANKYOU
ROCK
HEY
SMILE
LOVE
FREND
DREAM
LOVE
HAPPY
LIKE
CUTE
HAPPINESS

ロックバンドLOVE

# 幸せはロックに乗って

最愛なる友よ　いつの日までも夢を持って歩んでくれ
君の前途には　君にふさわしい夢が　両手を広げて待っているのだから
ためらわずに正直に　待ちうけている夢の中に　心を預けてくれ
どんなに強い雨　風が君の心に話しかけてこようとも
負けぬ心を　持っている君だから　自分を信じて　自分を愛して進んでくれ
幸せが君を待っている

幸せな君は　ロックンロール唄う！　イエー
　ロックに乗って　幸せは君の許に
　　君は幸せの輪の中だよ
　　　幸せだよー

# 兄弟の小鳥

二羽の兄弟小鳥が　大きな樹の高い枝に止まっていた
さえずりながら　楽しそうに　話していた
兄さん小鳥は　弟小鳥に話しかけた

「山のむこうまで飛べるかい
一足飛びに飛べるかい　僕は飛べるよ」

「怖くて　僕には飛べないよ
あんな遠いところまで
こんな高いところから　飛べるはずがないんだ
落ちたら……
恐ろしいよ　いやだよ　飛べないよ」

「弱虫だね　君は翼を持っているじゃあないか
心で飛んだら　飛べるんだよ
さあ　行こう
僕は飛ぶよ
君が飛ばないんならおいていくよ
弱虫は嫌いだから　じゃあ　行くよ」
兄さん小鳥は羽根を広げ
高い空の中を　むこうの山めがけて飛び立った

「待って　兄さん待ってよー
僕をひとりにしないで　おいていかないで」

「強くならなくては
さあ　おいで
泣き虫は嫌いだよ
力はあるんだ　力を発揮するんだ
さあ　思いきって飛んでごらん」

兄さん小鳥の姿は山のむこうに消えてしまった

ひとりになった弟小鳥は
「ひとりぼっちは　いや　落ちたっていいや　飛ぼう」
意を決し　翼を広げ　心をひとつにして　宙を飛んだ

飛べる　飛んでいる
空の中を　僕は飛んでいる
「やった！　ヤッホー　兄さんー」

できる力を持っているのに
弱い心で立ちむかうことをしないのは失格者だ
持っている力を精一杯出して　世の中に飛び立つのだ
世間という広い中に強い力を保って

「僕はやった」

# 自分の心を見つめよう

憎い奴！
君は　いま　とっても怒っているね
何があったのかな
うん　うん　それは　ひどいことだ
君は悪くないのに　口惜しいよね
でもね
ここで憎い心を　自分の心で
大きくしてしまったら　ただの人なのさ
いいかい
特別な人にならなくてもいいけれど
許そうとする寛大な心を持つことも必要さ
君の心は相手の心に　伝達されるのだから

憎い奴は
やがて愛する友になるんだよ

友達の輪
心と心で話そうね
　大きな心でくよくよしないで
　幸せつかもう

# 幸せな君

苦しいことなんてないんだよ
あるはずがないんだ
苦しいと思う前に　自分の心に聞いてごらん
君の心に存在する幸せが　大きくなって
君の心の大半を占めてしまうんだ
苦しみは　心の中から零れ落ちて
幸せだけが生き残り　君を護《まも》るのさ
幸せは自分の心次第さ
自分の心にうなずいてごらん
笑顔で幸せになれるのだ
君は幸せだ

今日も笑顔　明日も笑顔
　苦しみなんてないんだよ～　心の中にいないんだよ～
　　だって　だって　君の心の中は幸せいっぱいだから～

　幸せだよ～
　　幸せなロック唄って～
ロック唄って　夢描いて～

　自分の心に　幸せなのかしらって聞いてごらん
僕は君に　世界一の幸せ者だよ～って返事をするよ
ほらほら　君の瞳は　美しく輝いているよ

幸せにラブソング

光を浴びて

# 君の心は青の中

心は　青空を見て
美しい青の中で歩もうよ
ハートでロック
ハートでロック　唄おうよ

僕を見て
幸せのプレゼントだよ
ハートの中で　キラキラ光っているよ

幸せは　ロックに乗って
君は　美しい青の中で　輝いているよ
君の心は　バラ色だ

もっと～　もっと　輝いて～　僕の大切な君

幸せかい
君は幸せの中にいるんだよ
君のそばにいるんだよ

君は幸せだよ
人生の光の階段　一緒に昇ろうよ

幸せ

夢
信じる心で　信じ合って
美しい光が　奏でる曲に乗って
夢持って
希望の中で
明日にむかって歩もうよ

夢持って
大手を広げて　笑顔で
ほら〜　ほら〜　幸せだよ

愛しているよ
僕はいつでも　君のそばで　護《まも》っているよ

明日のために　ロックンロール
幸せ願って　ロックンロール
幸せ願って　ロック
唄って　踊って　信じて　ロックンロール

夢　持っているかい
一緒に　羽ばたこう
みんな　一緒だよ

幸せ　受け止めて

幸せの　ロック　唄って
ロック　ロック

幸せに
笑って
苦しみは　もういないよ
幸せいっぱいの心だよ
心の中で　光っているよ
幸せいっぱいだよ
ハニー
君たちが　大好きだよ
愛している
ハニー

愛を～　平和の中で　幸せに
幸せの光　受け止めて
幸せの光を　心いっぱい

こぼれるように　唄いましょう
愛は　ロックに乗って
ロック
飛んで　飛んで
ロックに乗って　羽ばたこう

心はひとつ　あなたと二人
世界はひとつ
心のドアー開いて
幸せの光　受け止めて

唄って　踊って　ロックンロール
あなたは　愛の中

# 幸せへの招待状——光の汽車

僕は見た
美しく光る汽車を
空の中を光の汽車が走っていた
音もなく　すべるように
光の汽車は走っていた
いつしか僕は宙を飛ぶ
光の汽車のステーションの前に立っていた
音もなく　光の汽車のドアーが開き
僕を招き入れた
誰もいない　僕ひとりの貸切の汽車だった
ソファーにテーブル
まるで応接間のような汽車の中に　僕はいた

汽車は緑の中　山間を走っている
緑の樹からこぼれる光は
汽車の窓から　僕めがけて輝いた
緑の精の輝きなのか
花の香りさえ輝いていた
音もなく　光の汽車は滑り行く
汽車の窓から見える谷間に
光る川面はキラキラ星のように輝いていた
ピシピシ　キラキラと音を奏でるように輝いていた
あの川に　あの水に　会いに行きたい
僕の心は水のささやく声に耳傾けた

「ここへ来て　楽しいよ
美しい水の中で　遊んで　夢を見て」
美しい水からのメッセージが　僕の心に届いた
空を飛ぶ光の汽車に

水の精からのメッセージ
水の天使からの招待状だ
光の汽車の窓から降りそそぐ光は
虹色に　僕の心を包み込んだ
空《くう》の中　僕を乗せて光の汽車は行く
緑と水と谷からの美しい天使からの幸せを誘う中で

僕は　幸せを満喫した
僕の心は　幸せいっぱい

PEACE
PRAY
FANTASY
LOVE DREAM
HOPE
HAPPY
RAINBOW
HAPPINESS
HEAVEN
PALADISE
ROCK'N ROLL
ANGEL
FANTASY
HAPPY
SMILE
Y.T.K
ANGEL
Y.T.K
ROCK
LOVE
CUTE
SMILE
PROMISE
FRIEND
LUCKY
RAINBOW
ANGEL
LIKE
HAPPY
MUSIC
HAPPY
SMILE
LOVE
CUTE
PALADAISE
FANTASY
HOPE
HOPE
PROMISE
SMILE
SHINE
ROCK
STAR
DREAM
LOVE
PRAY
LOVE
PROMISE
LIKE
KM

空を飛ぶ車と天使たち

イザベル王妃（現と夢）

# 幸せへの招待状――小川のせせらぎ

山間の緑の中に流れていた
美しくキラキラ光る水面が　僕を呼んでいた

「ここに来て　手を入れて　気持ちいいよ」
美しい水はささやいた
川の中にそーっと手を入れてみよう
包み込まれるように温かかった
なぜ？　どうして？
僕の心は　夢を見るようにまどろんだ
この川に　この水面に　身体を浮かせたら
そんな考えが僕の心をよぎった
キラキラ光る水面が僕を呼ぶ

「ここへ来て　ここで遊んでごらん
夢を見せてあげるよ」
キラキラ光り　美しく　さわやかに
美しい水は　話しかけてきた
僕はいつしか　水面に浮かぶ木の葉のように　浮いていた
くるりと身体を回すのに　苦しくない
呼吸さえ感じられぬ　水の中で呼吸をする
まるで魚のようだ
水なのに　真綿のように心を包んでくれた
水の中　冷たいはずの清水が
温かく　温かく　僕の心を包み込む
手を伸ばし　足を伸ばし
一回転　二回転　くるくる回る　夢の中
輝く光は何なのか
天上界からの　遣いの天使が
温かい輝きを持って　現れたのだ
ときに心を休め　身体を休めて　いたわってあげて

そう話しかけている

自分の心は自分のもの
自分の身体は自分のもの
そう思っていたのに
肉体は　僕たちの心を包むものだった

「だから　大切に　大切に　優しくいたわってね」
天使は言った
心のために身体を大切にしよう
親から授かった大切な身体だから

たまには　リラックスという器の中で
エンジョイしよう

# 時という神

幸せかい！
しあわせだよ！
そう思うことが　大切なのだよ
どんなに辛くても　どんなに悲しくても　どんなに痛くても
そのときの心の痛みを　忘れずに
大切にすることも　必要なのだよ
そのとき　優しくしてくれた　家族や友人たち
温かい心が　どんなに君を護《まも》り　助けてくれたのか
きっと　時という神が与えてくれた
優しさを教えてくれるための　痛みだったのさ
我が身が痛み　心が痛み
信じ合える輪の中で　真の幸せを知ったのさ

# 心の友・天使

こんにちは
いま　この絵の僕からのメッセージの前にいる君は
僕をどう思っているのかな
「本当かな?　そんなことあるのかなあ
本当に天使?」と思っている君
もうひとりの君へ
「僕を信じてくれますか　僕がわかりますか?」
「わかる　わかる
確かに僕が知っている天使とは　少しちがう気がするけれど」
君は答えた
当然のことさ　肉体に別れを告げ　光となったいま
何かを見つけ出そうと　苦しんでいた僕ではない

光となり　再び君たちの許に戻ったのも
いま　幸せと平和の心を得た僕が
僕の心を知ってほしいと願い　来たのだから
信じるもよし　信じなくてもよし
誰かしらぬが　話を聞いてやろう
そう思ってくれるだけでもいいよ
でも　天使を信じて下さることを願っています

愛するみなさまへ　心の友・天使より

君を信じている
ロック唄って　踊って　信じてロックンロール

# 強い心をつかんだ君

君の瞳は笑いかけた
僕は聞いた
「何がそんなに嬉しいのかい」
君は答えた
「だって　だって　いまの僕は強い心を知ったから
強くなる心を　知ったのだから
自分の心の中で　強い心が弱い心に話しかけた
『強くなれ』とささやいた
教えられたように自分の心を覗き　問いかけた
確かに二つの心が存在していた
でも　強い心が大きくなった
いまの僕は強くなった

強く生き　ひとりぼっちでないこともわかった
いまは大勢の友と
なんでも話せるようになれた
いまは幸せだよ」
僕は幸せだ
君の心が　大きな　美しい幸せをつかんでくれたから
ありがとうと言うのは　僕なのだよ
君の心に　ありがとうと笑顔で答えるよ

ペガサスと天使たち

天上界の仮面舞踏会

# 笑顔

こんにちは　元気そうだね
何かいいことあったのかな
君の嬉しそうな瞳が笑っているよ
僕もとっても嬉しいよ
何があったのかな?
秘密だって?
いいよ　たまには内緒のことがあったって
だって　僕に相談しないで　笑顔を見せてくれるのだから
君の心が　幸せだからだよ
幸せが　もっと　もっと
美しく　大きな幸せを　運んでくれるからね
今日は　笑顔を　ありがとう

幸せのために　ロックンロール
　笑顔のために　ロックンロール
　　明日のために　ロックンロール
　　　唄って　唄って　ロックンロール

# 幸せかい?

「幸せかい?」
「幸せだよー」
と返事をしてほしい
広い宇宙の中
ひとりぼっちではないのだよ
僕がいる　友がいる
世界中の人たちは　みな　仲間なんだ
手をつながなくては　いけないんだ
憎しみも　ねたみもない
優しさの中で　生き続けてほしい
生きていることの大切さ　美しさ
必要とされていることを

けっして忘れてはいけない
生きるということは
人それぞれ　役割があるのさ
いまは　気づいていなくても
きっと　何かを知るときが来るのだから
僕も　そうだったから
そうして　いま
こうしてまた　君たちと会えた僕は　幸せなんだ
僕が幸せだから
僕とこうして会っている君には
もっとすばらしい人生が　待ちうけているんだ
元気かい？　幸せかい？
君の心が　きらきらと輝いた
僕に「とても幸せだよー」との返事を待っている
ほら　ほら
話している君は　幸せの輪の中で　輝いているよ
君の心の中は　幸せがいっぱいだ

# 優しさってなに

自分の心の中で気づくとき
心の触れ合いの中で芽生え
優しくなるのだと思っている
優しさは　温かい心なのだから
必ず相手にも　芽生えて　育っていく
真実の中での　心の触れ合いを
大切にしようね

偶然はけっしてないのさ
すべてが必然のなかにあるのさ
だから　すべての出会いを
大切にしてほしい

必ず　いつかわかるときがあるのだから

しまった　と思ったら　忘れないで

心のノートに　記しておくといいよ

二度と　失敗しないようにね

# 信じること

信じ合える大切さは　よく知っていることさ
自分を信じることにはじまり
相手を信じることができる
信じ合うことができてはじめて
心が交流をみることができるのさ
自分を信じることとは
正直な自分の心を知ることができたとき
真の心を知れば　真の心で相対すれば
必ず真の心が戻り
確かな信じ合える中で　幸せが得られる
信じ合えることが　平和への幸せな心だと思う

# 幸せのプレゼント

青い空　青の中　白い雲が泳いでた
よく見ると　雲と思った形は
いつの間にか　翼が　手が　足が　雲と一緒に泳いでた
雲と戯れ　遊ぶ天使の姿だった
美しい天使は　地上に幸せの光をプレゼント
さあ　君たちの心に　幸せはプレゼントされたよ
いつの日も　天使は君たちを護《まも》り
光と幸せをプレゼントしていることをけっして忘れないで
空を見たら　美しい雲を見たら　心の中で叫んで！
幸せだよーって返事をしてあげて
天使のほほえみが　君の心に笑いかけてくるよ

LOVE♪
HAPPINESS
♪CUTE
DREAM♪
♪SMILE
HAPPINESS
LOVE
ROCK'N' ROLL
KM

光の玉を受けとめて

愛馬三日月の背に乗る天使

# 幸せ運ぶ天使

君の心は　なに想う
美しき恋の虜《とりこ》になっているのかな
恋とは　苦しきものなのか
それとも　楽しきものなのか
君の瞳に映るのは　なに
君の心に映す　愛しき人よ
愛しき人は誰なのか　愛しき人は天使なの？
君は美しい天使に出会い　恋をした
君の心は　幸せの天使の虜になった
自分の心に存在する　美しき天使よ
語りかけて　夢を見せて
夢見る天使は　我が心の中に

# 君は幸せの笑顔

雨が降っても　風が吹いても
君は笑顔を絶やさない
生あるすべてのものに　潤いの雨が降り
生あるすべてのものに　さわやかな春風が春を呼ぶ
強風や嵐が吹こうとも　大雪が降ろうとも
生あるすべてのものに　神は試練を与えたもう
それを知っている君は　いつでも笑顔でいるのだね
君は誰？
あなたはだーれ？
君は幸せの笑顔だね
幸せの心だね

幸せかい
幸せだよね
幸せは自分の心でつかみ取るんだよ
いつも幸せになろうと　心に描こう
心の中でつぶやいて

もし君が寂しくて　悲しくなったときには
僕を呼んで
いつでも　君のそばに行って
優しく　幸せへの招待状を贈るよ
両手を広げて　温もりの中で

# ファイト

いま　何を考えているのかな
なにか心配事があるのかな
うつむいていないで
ほら　ほら
こっちをむいてごらん
少しだけ　君の心は曇っているね
僕がその曇りを　取ってあげるよ
なにも心配することはないよ
ひとりで悩んでいないで　話してごらん
自分の心に　美しい笑顔が戻れば
心配なんて　ふっとんでしまうよ
案じるなかれ

ひとりでくよくよしては駄目だよ
何事も自分の心で　ぶつかるんだ
いまの君は　対処できる力があるのを
忘れていないかい
ファイト　ファイト
自分の力で前に進もう
すべては曇りのち晴れさ

# 幸せの雲

幸せの雲は　空の中を　虹色の光を流し
金色に　銀色に　茜色に
美しい姿で　泳いでいく
自由描いて　青の中を流れいく
真綿のような　白い雲は
ときに翼広げた天使の姿で
地上に幸せの光を降らせながら　話しかける
「幸せかい　幸せだよね
幸せは　自分の心で受け止めるのだよ
君たちが　自分の力で受け止めるのだよ
輝きの中に　心開いてね」
輝く天使は　大空を　美しい翼広げて宙を舞う

青の中を　虹の中を
どこから来たのか
飛んできたのか
美しい音色奏でるギターが宙を舞う
大空の中に♪　♪　♪が奏でている

♪が話しかけていた
「大空の中で　手をつなごう
唄いましょう　踊りましょう
すべての人に　幸せが届くように
明日に生きるために
愛が届くために」

天使は一人　二人　三人
虹色の中を　手をつなぎ
笑顔でうなずきながら　口ずさみ　唄い　踊り
幸せの光を降りそそいでいた

世界中の　すべての人たちがほほえんで
明日にむかうために
世界中が輝きの中で　ほほえむために

PEACE
LOVE & DREAM
SMILE
CUTE
LOVE
FOREVER
HAPPINESS
ROCK
ROCK
ROCK 'N' ROLL
KM

フォーエバーダンス

ハートがいっぱい

# 幸せいっぱい

君の心は　何を見つめているの
君の心は　何を待っているの
風に乗って　天使からの幸せの光の贈り物は
君の心に　ささやくよ
君の心の優しさに　君の心の美しさに
天使たちは　ほほえむの
さあ　両手を広げて　大空の中に
心遊ばせ　心泳がせようよ
君の心の中に天使たちの贈りものの光は
一つ　二つ　三つ　輝きだしたよ
幸せかい　幸せだよね
君の心は幸せいっぱい　笑顔がいっぱい

# 幸せのこだま

幸せだよ〜〜〜
山のむこうから　こだました声
僕は　自分の心に　問うてみた
どうして　そんなに幸せなの？
どうして　そんなに瞳が笑っているの？
僕の心は　答えてくれた
自分の心に
幸せという心が存在していたことに気づいたから
心の中が　幸せいっぱいだと思ったら
何が来ても　何が起きても　平気なのさ
心の中の幸せが　笑顔で答えてくれた
1＋1＝2なのさ　2＋3＝5なのさ

ルールにそって　歩いていけば
正直に生きていれば
けっして矛盾はないことを知ったから
けっして恐れることのないことを知らされたから
左をむいて幸せかい
右をむいて幸せかい
僕は幸せへの伝達のために
けっして笑顔を忘れない
幸せだよ〜〜〜

# 幸せの存在

幸せはどこに存在しているのか
知っているかい
いつも話しているんだけれど
君の心の中に存在しているのさ
聞いてごらん
心のドアー開いて　話しかけてごらん
美しくて　強くて　立派な幸せさんが
君を護《まも》り　一緒に歩いているんだよ
だから君は世界一の幸せ者さ

# 花の命のささやき

幸せに　笑顔でロック唄う君の瞳は輝いた
君の心は　花の中で　花たちの美しい命と話していた
花の命は　美しく咲くことで　美しく色づくことで
持ち合う心が　君への想いの一刻《ひととき》をプレゼントしてくれた
レッドに　ブルー
イエロー　ホワイト　グリーンの葉も美しかった
君の瞳に映る　花の命のささやきは　ほほえんだ

今日があるから　明日があるのさ
それは　人生の　夢への掛け橋だから

君は幸せだ　美しいよ　素敵だよ

君の心の中は　幸せがいっぱいだ
幸せの中で　いつも夢をえがこう
そう心の中で　つぶやいて

心のドアー開いて
幸せの光　受け止めて

# 愛ってなに

愛ってなに
愛するって　なにかな
人を愛し　花を愛し
形あるすべてのものに愛を
言うは易し
でも　愛って　形に表せない真心なのだ
「愛しているよ」
「君を死ぬほど愛しているよ」
そう言ったって
死んでしまったら
愛は　終わってしまうかも知れない
終わることなき　真の愛を

すべてのものに捧げたい
いまは　姿なき僕であっても　姿はいらない
光となったいま
こうして君と話し　笑い
愛することができるのだから　幸せさ
真心があれば　心のテレパシーで話し合えるのだ
どうだい　僕の声が聞こえるかな
この絵の中の　僕の声が聞こえるよね
僕は　君に　幸せの愛を
心をこめて捧げたい
どうか　受け取って下さい
君の心が　愛で満たされて
笑顔で　明日にむかって下さい
親愛なる君へ

PEACE
HAPPINESS
HAPPY
LOVE
LOVE & DREAM
DREAM
SMILE
CUTE
LOVE
DREAM
SMILE
HAPPY
ROCK
SMILE
CUTE
LOVE & LOVE
ROLL
PROMISE
HAPPINESS
HAPPINESS
ROCK
KM

風船と天使

幸せ捧げまーす

# 幸せの自分の心を見つめよう

君はとっても輝いているね
何が　君を美しく輝かせているのか　知っているかい
うん！
わからないって！
君自身の心の美しさを認識していないからこそ
あふれる幸せが　君自身を輝かせているんだ
でもね
わからないで　そんなに輝ける君だから
自分の心を見つめて　「幸せなんだ」って思ってごらん
君の中の　こぼれるほどの幸せは
君を取り巻く人たちと　分かち合うことができるんだ
君を慕いて　友来れり

# 幸せは誰のもの

幸せは　誰のもの
幸せは　生あるすべてのものに与えられるもの
庭の片隅に　ひっそり咲いた可憐な花
山や　森　湖で　さえずり　遊ぶ小鳥たち
緑を茂らし　雨　風に耐え
地に根をおろした小さき木よ　大樹たちよ
この世に生まれし　幼き子らよ
我が子に　夢託す親たちよ
心いっぱいの希望を詰め込み　歩き出した若者よ
幸せは　生あるすべてのものに　存在するのさ
自分の心に輝いているのを　見つめてね
夢と希望の中に　歩き出そう　幸せ見つめ　幸せとともに

# 刻の贈り物

元気かい！
「今日は何もなく過ごせたよ」
君は言う
何もなく過ごせたことに
感謝しなくてはいけないよ
今日は明日への掛け橋なのだから
わからない何か？
けっして悩むことはないよ
わからないからこそ
未知の中から　すばらしい何かを
見つけ出せるのだと思う
そして　美しい　刻《とき》の贈り物と

出会うことができるのだ

刻の空間の中から　美しい光がこぼれる
君めがけて　光が
幸せ見つかったかい？
見つけたよーと　君は笑った

# 生きる意味

私は生きる
あなたも生きる
なぜ？　どうして？
すべては　人生の系図の中に
仕組まれて生きているからさ
大なるもの　小さきものよ
すべての生あるものよ
ここに存在する意味は　なに？
輝く光は　我が頭上から
心の中の　メッセージを
プレゼントされているのさ
気づいてよ

さあ　気づいたかい
天なる声を
優しさが　すべてに伝わる心なのだと
想いやる心で　心と心が結ばれるのさ
大なるもの　小なる生あるすべてのものよ
自分の役割はなに？
すべてのものに　愛を捧げることさ
愛は　天上界から　我が心に
光とともに　贈られている
さあ　手をつなごう
生あるすべてのものと
幸せは　自分の心の中に
存在しているのだから
生あるすべてのものが
愛に包まれるように

# 生きる意味の大切さ

生きる意味の大切さは　もちろん知っているよね
命とは　肉体の持つ命とは
自分勝手にはできないんだ
定められている役割のためだから
その役割が　どんなに小さくとも　大きくとも
すべてが　尊い役割なんだ
自ら苦しんだことで　苦しみを知り
相手の心を　知ることができるのだ
優しくされたとき　どんなに温かかったか
そのときの温かみをけっして忘れてはいけないよ
忘れないことで　また
もっと温かい心を知らされるのだから

もし　いま　君の心に少しでも苦しみが残っていたら
乗り越えようね
天使の僕を　踏み台にしていいよ
いま　こうして話している僕に
全部吐きだしてしまって
心の中から　捨て去ってしまおうよ
僕は受け止めるよ
君の苦しみも　悲しみも　すべてを
さあ　眼をつぶってごらん
君の心の中は　青空のようだ
少しの苦しみも存在しない
君という　すばらしい強い心が　生まれたからね
さあ　行こう
未来にむかって　羽ばたこう
笑顔で
君は幸せの中で進むのだよ

# 天使のひとりごと

今朝　青空の中に　美しい雲が流れていた
天使の羽根のように　美しかった
透き通るような流れは　僕の心に話しかけた
「どうだい　うまくいっているかい
君の思っている　幸せへの伝達者としての使命は」
僕は言った
「もちろんさ　僕がみなに　友達に
こんなに心から話をし　伝えている　幸せへの心は
伝わらないはずがないんだ
世界中の人たちが　笑顔で話し合えるようになるために
伝えたい　僕の願いを
僕のハートで　ぶつかっているんだから」

# 天使の乱舞

冬の中　青の中に泳ぐ白い雲
広い空の中に浮かぶ　美しく流れる雲
手を伸ばし　足を上げ　時に下界を見下ろしながら
裾ひるがえし　美しき天使の翼広げ　たたみ
一人　二人　三人
手をつなぎながら舞いはじめた
長く　丸く　舞っていた
幸せの光は　天使の翼より流れ
指先から　降りそそいでいた
幸せの中で見ていた　天使たちの乱舞は
やがてひとつの円を成し
かたまりとなって　ひとりの天使となった

広い宇宙の中の　すべてのものも
本当は　ひとつのものだと知らされた
必要があって　様々な姿に変えて生まれてきて
誠実の中で　生きるための使命を携えて
生まれてきたのだから
世界はひとつ
平和という名の許で　幸せを作り上げよう
みな　心をひとつにして

# 天使の鏡

あなたは　だーれ
鏡に映った　このお顔はだれ
鏡の主は　幸せの天使なの

あなたが　映した　ちょぴり悲しそうなお顔
あなたが　映した　気取ったお顔
あなたが　映した　得意そうなお顔

刻《とき》の中で　様々な人間模様を　映し出す

悲しいときには　鏡を見て
必ず幸せの鏡は　ほほえむから

そして　あなたは幸せそうな　お顔になるの

あなたが　怒ったときも　疲れたときも
必ず天使は　ほほえむの

鏡に映ったあなたのお顔は輝いた

鏡よ鏡　あなたは　だーれ

私は　幸せ捧げる天使なの
幸せにー

# 善と悪

あなたは　だーれ
話しかけてくるあなたは誰！
私は　君の心に存在する善の心だ
善の心の　本当の意味を知っているかい
善の心は　世界中の平和を願う心なのだ
この世に生きる　すべてのものに
善と悪という二つの心が存在している
善の心とは　すべて生あるものへの幸せを願うもの
悪とは　己の心のままに自分勝手な行動をとり
平和を乱すものなのだ
善の心が強くなれば　大きくなれば
どんなに悪の心がはびこっても

けっして負けることはない
いつでも　君の心に存在する善の心の私に
話しかけてごらん
辛いときでも
どんなに恐ろしくて　いやなときがあっても
君の心は　善という美しい心が輝き
バラ色の幸せという人生の中にいられるのだから

# 僕に任せて

涙を拭いて
上を見ようよ
心を閉ざしては駄目だよ
なんでも心の中から　この僕に吐き出してごらん
どんなに小さなことでもいいから
小さいうちに　心から出してしまうことが　大切なんだよ
ひとりで　くよくよ溜め込んでしまうと
辛くて　悲しいことが
心の中で　大きく　大きく　広がってしまって
君の美しい夢や希望を　押しのけてしまうかも知れないから
いらないものは　小さいうちに摘み取ろうね
さあ　僕がすべてを受け止めるから

天使は唄う愛の歌

姫と金龍

# 庭に咲く小花からのメセージ

少し肌寒い冬の日
僕は　庭に咲く小さな花に　話しかけた
「ご機嫌いかが」
愛らしい花は　答えてくれた
「とてもいいよ
どんなに寒くても
暖かい太陽が　温かさを与えてくれるから
心地よい温もりが
『いつまでも　美しい花を咲かせて
多くの人たちの心を　楽しませてあげて』
と話しかけている
雨が降れば　花の命に　水浴びをさせてくれた

水を飲むことで　花の白やピンクの色も
緑の葉も元気になれた
温もりと水が　花の命を支えてくれている
その心がわかるから
嬉しくて　とても気嫌がいいのさ」

自然の　愛の中で生きる
幸せそうな花からのメッセージだった

# 大切な君へ

僕は　いままで　君とこの小さな絵の中から
心の想いを話し合ってきた
少しは君の心は　幸せを得ることができたかい
この質問は愚問だったね
必ず　君の心に
すばらしい　幸せという大輪の花が咲き
虹色の美しい光が　漲《みなぎ》っている
もう大丈夫
君はすばらしい人生の夢の中へ　歩き出したね
僕は　君に会えてよかった
ありがとう

光の天使

# 幸せへのメッセージ

# マリー・アントワネットからの贈り物

私はマリー、貴女です。時代の中で私なりに生きてきました。幸せだったのかわからないときに生きたのです。

幼きころの想い出は、懐かしく家族の優しさが、わがままなマリーを、なにもわからなかった、自由の中で育ててくれた。

世の中の仕組みは、我が意志はならず、国と国を結ぶ掛け橋にされてしまった。寂しかった、わからなかった。生きる本当の意味を。見知らぬ人びとの中で、ママゴトをしているようなマリーでした。

右をむいても、左をむいても、知らぬ、わからぬ世界でひとりぼっちだった。取り巻きの人びとの餌食《えじき》にされたマリーは、なんて愚かだったのか。権力に押しつぶされた心は孤独を癒すなにものでもなく、栄耀、栄華に明け暮れた。

かわいい子供たちを守ることさえままならず、我が身は断頭台の露と消えたが、最後は涙することもなく、美しく花びらをまいた。真っ赤な大輪のバラのように。すべては革命の時代のはじまりだった。

どう生きたとて、民の自由を愛する心は果てしなく、時代の流れに逆らうすべはなかったのだと思っている。

あのときの、片田舎の小さなお城での暮らしは楽しい想い出だった。

まだまだ、何もわからぬ未熟だったマリーは、庭に真っ赤なバラを咲かすのが楽しく、嬉しかった。愛らしい花は、美しい花びらを重ね、とろかすほどの香りをマリーにくれたのです。

だから、マリーである貴女に、今こうして、真紅の大輪のバラを贈った紳士、YUTAKA卿に「ありがとう、和子をよろしく」と申し上げます。

私である和子、新しい時代に、思う存分、大手を広げて、YUTAKA卿とともに生きてください。

マリーの生き残した心も一緒にね。愛する和子へ。貴女のマリーより。

マリー・アントワネット

マリー・アントワネット

# 椿姫　アルフォンジーヌ・プレシス

私は社交界の花、マリーと呼ばれていた。パリーのシャンゼリゼの緑の小道を二頭だての馬車に乗り、殿方の羨望の視線を浴びて、私は走っていたのです。斜陽の中で、貴婦人のように振舞えたのでした。

貧しく、田舎育ちだった私は、華やかな舞台ともいえる私の居場所に、この上なく満足し、とどまることを知らずに、毎日を過ごしていたのです。地位のある殿方を惑わし、私に贈られる宝石、首飾り、ドレスに身を包み、日夜、饗宴の楽しさに明け暮れていました。私の中で虚栄がはびこり、虚偽のマリーを創り上げてしまったのです。

そのような暮らしも、なぜかむなしい日々でした。マリーの心は充実せず、得られぬ何かを探していたのでした。

本当の自分探しをしていたのでしょう。だれかを探すための社交界だったのでしょう。

あのお方にお会いするのが、もう少し早かったら……　私が清らかなマリーであったなら。

貴方だけのマリーになるには遅すぎました。神はマリーを見捨てられたのか。心を無情の風が吹きぬけた。

当然の報いなのでしょう。神はマリーに、心を開いて生きる意味を見つめなさいと申されたのです。

ひとりにならなくては。あの方に幸せになってほしくて、心を鬼にしたのです。

あのときのマリーは、気の弱い、栄耀、栄華の中で作られたにせものでした。でも気づいたのです。

だれにも後ろ指をさされないように、あのお方のために、天使のように生きていくことにしたのです。

答えは、貴女です。和子が、あのお方であるYUTAKA様に、好いて頂けるために、マリーは努力しました。

そして二人が守られて幸せになることで、マリーの心は、あのお方におわかり頂けるのだと思っています。

私のマリー、マリーの貴女、お幸せに。YUTAKA様、和子をよろしくお願い致します。

# 椿姫　マリー

私はマリーと呼ばれるのが好きだった。貧しさから抜け出した私だった。きらきら光る美しい宝石に目が眩むようだった。

いままでは、身に付けることさえ不可能であった首飾り、指輪、まるでお姫様になったようなドレスに夢中になってしまったのです。

恥ずかしいが、どん底から、ハイレベルと思える社交界の中で、地位ある殿方の心を振り回す楽しさは、まるで、無知そのものであったのです。このような暮らしは、富と名声のなにものでもなかったのです。

頂点から少しでも退くことは、死より恐ろしいとさえ思ってしまった私でした。一度味わった贅沢が、マリーの心を魅了してしまったのでした。気づいたときは、たくさんの殿方の心を傷つけていたのでした。

マリーをこよなく愛して下さったあの方さえ、悲しみのどん底に落としてしまったのです。ごめんなさい。

何度、謝ったとて許されることではないのですが、ごめんなさい、ごめんなさい。この言葉しか思いあたりません。

あのとき逢わされたのですから、悔やまれてなりません。マリーと呼ばれずにいたら、とも考えたのですが、マリーの名前の意味が、いまの私にはわかります。マリー・アントワネットの命を少し頂いていたのですもの。

美しい宝石もドレスも時の贈り物、心に残した名残だったのを知らされました。どの時代に生きても、心の奥にある本当の宝石は、自分自身の心なのですね。かず、貴女に本当の話ができて嬉しいです。

なにも迷わず正直に和の心をYUTAKAさんにぶつけて下さい。かけ引きはいりません。広げて下さったYUTAKAさんの腕に飛び込んで、安心してすべてをお任せなさい。

愛はすばらしく、美しく、暖かいのです。私は、貴女。私の分までお幸せに。

私のマリーへ

# 重忠からの声

ご苦労様でした。姫よ、ここまでこられたことに、父は感謝する。おぼつかなき心が大人になられた。

父は、この上なく嬉しい。我らが志す想いが、随行されつつあることに喜び、村岡五郎良文からはじまる家紋に、誇り高きことである。我らが一門は、いま結束し、世の乱れを戒める口火を切った。三浦、畠山は、ひとつものであるからして、各々受継ぐ血は、恐れを知ることなく、戒めのなかで、志の中に進むのである。

我らが同士たちは、時代の中で出会い、定めに忠実に使命をまっとうせしものである。

父は姫に、我ら一門の志を背負いたることを不憫《ふびん》に思ったが、姫なればこそ、強き心を受け止められたのです。

悲しきこと、辛きこと、ありしも、すべて世のためなると、涙せし時もあり、心を鬼と化しめた時もある。

乱世の悲しき別れに想いを残せし秀盛殿と和に幸せあれと願う心、父の心をおくみあれ。

かわいくて、いとしくて、いつの日までも父の手の中に、いとおしみたかったが、秀盛殿なればと思い、姫を差し上げることにした。しかし、空掻き曇り、悪しき雲は空を覆った。黒き悪がはびこった。

我が命は、無情の流れに流されて、つなぎし心はすべて切られ、汚名のみが残された。口惜しかった。

しかし、清き心持ちたれば、やがて空覆いし黒雲は去り、輝く光が満たされ、父も重保の名も保たれた。

なれば、父は上から、兄は姫の側付きとなり、父が家臣榛沢が、共々守りの態勢をとったのである。

秀盛殿なるYUTAKA殿に姫をお渡しし、互いの家紋を重んじ、世の乱れなくすために盃を交わしたのである。

姫よ、強く生きよとは申さぬ。授けられた命を大切に生きてほしい。次なる時代のために。

父は、兄は、優しく見守っている。愛しき姫よ、姫の呼ぶ声にいつでも答えよう。御身大切に。

YUTAKA殿、姫はお渡し致しましたぞ。どうぞ、よろしくお願い致します。

父より

# 父からの笑顔

姫よ、我が姫よ、父は、姫の心に答えよう。いつの世も嘆かわしきことはある。心に冷たき風が吹くときもあれば、美しき花園に降り立ち、楽園の中で我が身を横たえ、香《かぐわ》しき優しさの中で、心は幸せを勝ち取ることもできるのだ。けっして辛きことも、悲しきことも、涙の雫は無駄にはならぬ。嵐が去りしなだらかな心の大地には、香しき大輪の幸せの花が咲き、姫を包み込む。

如何かな、姫は安らぎの大地に降り立つことができたかな。幸せの花園で、目を瞑《つぶ》ることができたかな。

父の声に涙はいらぬ。笑顔が所望だ。父はいつの日も、ほほえむ姫を見ていたい。いつでも姫の声に、耳傾けている。来るがよい。父が許に。父はいつでも、両手を広げて待っている。我が愛しき姫よ、和よ、愛しい姫よ。

つぶらな瞳より落ちる雫は、光の露か、涙は光に変えて歩むのだ。

幸せは、自分の心の中にあることを、お忘れなく。姫よ、笑顔じゃ、笑顔じゃ。父の笑顔を見よ、姫の笑顔が父の心に笑顔を与えるのじゃ。

いつでも来い、父は姫の声に答えよう。

# 今を生きた　護良親王

私は生きた　すべての民のために
心して　心開いて　私は生きた
己を捨てて　民のため　私は生きた
我が祖国を守るために　己を愛し　己を殺し
我が心差し出し
幸多き大地求め　己の心と戦い　私は生きた

護良　心

木之花咲耶姫

岩長姫

# 鎌倉宮に誘われて　護良親王

我は行く　君の手を取り　我は行く
導く声に手を引かれ　鎌倉の地へと足踏み入れる
厳かに導く光に誘われて　君を連れ　石段昇る二人の心
深き冷たき　土牢《つちろう》に　君は涙で語り合う
見えぬ君に語りしか　見える君に語りしか
君を呼びし彼の君よ　君と会いたしと願いし心に
我は君の手を引き詣でたり
土牢ありし後の庭園は　美しき清水流れる音は静寂の中
美しくしだれる桜は糸桜　君の肩にかかりし桜の枝先美しく
彼の君より贈られし　ひとひらの花びら
音もなく　君の姿に舞い降りて

# 私は生きた　重忠

私は生きた　大地荒れし鎌倉に　我が祖国のために
若き血は燃え　血はたぎり　正義のために私は生きた
弓　矢　剣　なき世目指して　私は生きた
我が心通わぬ命なくすために　私は生きた
我が心を愛し　我が命継ぎし者たちを愛し
涙をのんで　私は生きた
限りなき幸せの世のため　私は生きた
我が命不滅にして　ここに生きる
重忠　ここに生きる証

## 今を生きた　秀盛

我が命与えし　YUTAKAありて
我ここに生きる
我が想い　我が願い　我が命のすべてを
今ここに生きる
明日への掛け橋渡し　光を導き幸多かれと
我ここに生きる
乱世は人の道ならず
迷える子らに手を差し伸べる
我が子YUTAKAよ
我が生きる証を生きよ
我が子YUTAKAよ
すべての人に志を全うせよ

愛を　生あるすべてに愛を与えよ
我は生きる　大いなる大地の中で
我が子YUTAKAとともに
我が命永遠にここに生きる

秀盛

# 今を生きる　YUTAKA

私は生きる　誰のため？
己のために　幸せつかんで己を生きる
己の生き様　確かな中で　存在するため
私は生かされ　私は生きる
明日のため　未来のために
必要とされるために　私は生きる
私が光を放つまで　私が未来に輝くために
羽ばたこう　大空の中を　大きな翼広げて
唄おう　愛の歌　己のためのラブソング

## 幸せな私　ここに生きる

わたしは生きる
大きな翼広げて　大空を飛ぶ
貴女とひとつになって　空を飛ぶ
あのお方の愛は　宇宙を翔けて
私の許に贈られた
私は生きる
愛とひとつになって

刻《とき》は星の流れのように　私の許に届いたの
あのときの涙は　きらきら星になって
夜空に輝いた流れ星のようにきらめき
私は生きた

貴女は私　ここに生きる
私は貴女　ここで生きている
ひとつの流れ星が　私の許に
そしてひとつになって　輝いたの
あのお方と私は　ひとつになって輝いたの
あのお方の涙は　輝く星になって
夜空に輝いたの

永い　永い刻は　光の速さで過ぎ去ったの
そして　今を生きているの　貴女と一緒に
私は幸せ　あのお方との刻の中での別れは
いまは　夢のよう
私のそばを通り過ぎた
あの人に　いま抱かれて
静かに　静かに　眼を閉じる
幸せは　刻を翔けて
私の許に　幸せ運んできたの

貴女は私　私は貴女
あの人に守られて　生きている
次なる楽園に呼ばれるまで　私は生きる
愛する秀盛様と　手をつないで
私は生きる　その日まで

和姫　幸せな私は　生きている

姫と天使

仙台高尾大夫と天使

# 高尾　今生きる

私はいま　そなたとともに生きている
生きるとは
私がそなたとともに笑い　怒り
今生で必要とされ　生かされているから
私はいま　幸せの中で生きている
恋しきお方　愛しきお方と　またお逢いし
ともに生き　ともに笑い
愛され　愛し　生きているから
私は生きている　私は生きている
涙は光に変え　痛みはほほえみに変え
安らぎの地に立ち
愛しきお方に抱かれ生きている

生きる意味は　幸せに生かされること
幸せ届きし今　ここに生きる
誰の目も案じることなく
大手を振って　生きている
そなたとともに　生きている　幸せな私

和　同魂かず

# 今生きる　マリー

私は生きた　富と虚栄の中で
私は生かされた　国の繁栄のために
国と国の掛け橋として　生きてきた
ドールのように　着飾って
美しい首飾りで　身を飾り
華麗なドレスに　包まれて
権力の中で思うがままに　生きてきた
私は生きた　心のままに　生きてきた

何のために　生きたのか
自分の欲望とは知らずに　生きてきた
気づきのときが　我が心を変えた

我が身を投じよう　民衆の中に
我が心果ててこそ
真の生きた証が　我が身を飾った

時は来た
革命のはじまりのために　私は生きた
私は生きた　心静けき世のために
輝く空の中に　生きてきた

羽ばたく中で　生きている
安らかに　心静かに　生きている

マリー・アントワネット　今生きる

# 私は生きた　マリー・デュプレシス

私は生きた　虚栄の中で
見知らぬ私が　作り上げられた
私は誰？　見苦しい姿の私は誰？

静かな森
透き通った川の流れに　私の幼い顔を映した
あのときの私は　どこへ行ったのかしら

傲慢な私
金銀に包み込まれた　優雅に見える暮らしの中に
身を投じてしまった　私だった

見知らぬ私は　見知らぬ人たちに創られた人形だった
天使の使いが　私自身を取り戻させた
私自身は　私のもの
自分の心は　自分で守らなくてはいけないことを　知らされた
生きるとは　自分に正直に生きること
胸を張って　愛する人と添えるように　生きることを知った
私は生きた　気づくことができた私は　幸せだった
私の分身よ　いつの日までも　幸せに

マリー・デュプレシス　椿姫

# エピローグ

私がこの本を出版させて頂けたことについて、ひとこと述べさせて頂きたいと思います。

私は天上界からの声に導かれて、絵を描き、メッセージを書き続けております。私ごとき者に天上界からの声が?とお思いになられるかもしれませんが、必要があって定められていました。

刻《とき》の中で、天上界の大きな大きなプロジェクトは、世界の平和を願っています。生あるすべてのものが、愛に包まれることを願い、定められている人に、使命が与えられるのです。私は、特別な人であるとは思っておりませんが……。特別な人なのでしょうか?

一九九六年十月から現在まで、まだまだ進行している中で、与えられていることを、ひとつひとつ果たしております。まだまだ必要な刻は、長いのだと思っております。

いまは亡きロックシンガーの君が話しかけてきました。まさか、そんなことがあるわけがない?

聞こえてきた声を信じられなかった私は、信じることの大切さを教えられましたが、それでも見えぬ君を信じるのは難しかったのです。

私は聞こえてきた声に戸惑い、悩み、苦しみましたが、私が生きる刻の中にすでに組み込まれておりました。

刻が訪れ、与えられたのですから、けっして、けっしてお断りするのは叶わないことでした。心が後退しても、必ず引き戻されました。

私の先祖は、鎌倉時代の武将でした。戦乱の世が、いかに平和を乱し、幸せを奪うことか。真の幸せとは何か。

宇宙に存在する、生あるすべてのものが、愛に満ちあふれ、幸せの中で手をつなぎ、争いのない平和な日が訪れるために、少しでも、お役にたてるよう、宇宙の中の大きな車輪の一齣《ひとこま》であるようにと私が選ばれました。

私は作文もお絵かきも大嫌いでした。その私が、墨と筆を持たされたのです。はじめは水墨画で、女性のお顔を描いていたのですが、やがて女性のお顔の周りには花びらがつき、気がつくと羽根がある天使を描いていました。そしていつしかロックシンガーの君の心は、私の手となり、墨彩画で、ロックシンガーの天使とメッセージを書き続けておりましたが……。

ある日私は、美しい天使のような洋画家の先生にお会いしました。先生は私にアクリル絵の具で、「本格的に描きなさい」と話されました。私は、絵のレッスンを受けたことがありませんでした。ましてアクリルの絵の具など、見たこともありませんでしたが、いつしか私はアクリル絵の具を購入しておりました。そして現在の幸せを捧げるロックシンガーの天使が誕生したのです。まさに無の中から誕生したロックシンガーの天使でした。

定められた人生の流れの中の汽車に乗った私は、ロックシンガーの天使の絵とメッセージを乗せて走り出したのです。

信じられないような体験をさせられながら、私が生きる刻の中で、苦しいことや悲しいことを乗り越え、幸せな心になれた現在、ロックシンガーの天使となった君が、絵を描き、メッセージを書き、私の心と同調して、作り上げることができました。

ロックシンガーの天使は生前の彼であり、彼が生きていたときの想いと、いま光となった彼からの幸せへのメッセージが、少しでも幸せの波動を捧げられたら、嬉しいです。天使の君も喜んでいます。

必要があって、描くべくして描き、書くべくして書いたのです。自動書記であります。

いまの私はすべてに感謝しています。なぜならば、いまの私自身の心が、天使の君が訪れる以前と違い、幸せでいっぱいになれたからでございます。

この本をお読み下さいまして、ありがとうございました。私からも幸せを捧げさせて頂きます。

天使のEMIKO先生、ありがとうございました。心より感謝申し上げます。

本書の出版にあたり、協力して下さった出版社の方々に厚く御礼申し上げます。
ありがとうございました。

幸せはあなたの心の中に

三浦　和子

**三浦和子**（みうら　かずこ）
チャネラー、アート・セラピスト。埼玉県生まれ。1996年10月よりメッセージを受けはじめる。同時にチャネリング・アートにも開眼し、2000年3月渋谷コウノギャラリーで個展を開催、2001年9月「アクティブシニアin横浜」に作品を出展するなど精力的に活躍。かたわら、セラピストとしての活動も展開している。著書に『あなた（魂）と私の絆の印』（たま出版）がある。


天使にもらった愛と夢
— *YUTAKA*の天界からのメッセージ —
2001年10月15日　初版発行

著　　者　三浦　和子
装　　幀　谷元　将泰
発 行 者　高橋　秀和
発 行 所　今日の話題社
東京都品川区上大崎2-13-35 ニューフジビル2F
TEL 03-3442-9205　FAX 03-3444-9439
レイアウト組　　版　初木　葉陽
印刷・製本　株式会社シナノ
用　　紙　神田洋紙店

ISBN4-87565-522-3 C0011